FICCIÓN-REALIDAD

JAIRO RAMÍREZ

ISBN-13: 9780578340425

Publicado en los Estados Unidos.

Facebook: Jairo Ramírez
Instagram: Jairoramirez15

Índice

A mi madre

El arcoíris que trascendió la historia

Comencemos por el final, desmenuzando miga por miga hasta llegar al principio, atrapando cada espacio en su propio mundo; de tal manera que al juntarlos, ya caducadas las palabras, podamos ver la imagen tal cual es, tal como se muestra ante la verdad innegable de su existencia. Habrá usted de situarse siempre 20 años más adelante del que ahora le acoge, y llegar, llegar sin interrupciones, abrirse paso entre la muchedumbre y verlo colgando de un árbol que puede advertirse con facilidad desde Columbus Circle, justo a la entrada de Central Park, adornando el lugar como cualquier otro de los monumentos que allí están posados. Había nevado la noche anterior, el viento traía voces lejanas, pero ninguna de ellas les dijo a esos hombres que lo perdonaran; habrían de decir algo muy distinto, como, —¡muerte al negro, es un animal!—. Lo arrastraban quién sabe de dónde, ¡ah!, ahora recuerdo que uno de los hombres lo vio caminando del otro lado de la calle 59, y convenció a los demás para que cruzaran a molestarle. Al rehusarse y ponerse en guardia, uno de ellos lo sorprendió con un golpe en la nuca que lo llevó hasta el suelo, momento que los demás aprovecharon para entrarle a patadas. No sé en realidad de donde vino la idea, supongo que el viento dictó otro de sus mandatos para que uno de ellos lo repitiera: —¿Y si lo colgamos?—. En ese momento se produjo una pausa que congeló a las palomas, a la mujer que caminaba del otro lado de la calle, a la multitud que presenciaba el sacrificio... Todo se detuvo, menos los golpes, el arrastre, las maldiciones y el que corría en busca de una soga. Los que esperaban por el negro en otro plano, revivían el horror al que ellos también fueron sometidos; todos colgados, mutilados, quemados, privados de lo que otros pensaban que tenían el derecho de robarles. La mujer, vestida quién sabe de qué forma (difícil saber), lo había visto cruzar una intersección unas cuadras atrás, y se había deslumbrado con su cuerpo. Su imaginación entonces la trasladó a una habitación, donde ya desnudos, él se abalanzaba sobre ella y la tiraba en la cama para luego crear una mezcla de café con leche, con sudor, quejidos y luego ahí se dio cuenta de que era él, y que los hombres lo pateaban sin consideración alguna. Mientras lo arrastraban por el círculo, una línea roja se dibujaba sobre la nieve. Salió del edificio y saludó a unos amigos del bloque, tomó el tren en la calle 125 y se bajó en la calle 59. Bajó las escaleras sin prisa, se despidió de su niña, se bañó como un oso libre, despertó con un poco de frío, durante la noche todo se movía a un ritmo sutil, se acostó sin preocupación alguna, durmió a la niña, comieron, la jornada de trabajo había terminado, había empezado, el tren, los amigos, bajar las escaleras, despertar, la nieve, la noche, ponerla a dormir, llegar a la casa, recogerla, salir del trabajo, entrar, caminar por la misma calle, por aquella calle, mirando como siempre los monumentos, las tiendas, el círculo, el árbol que siempre le parecía extraño, y las palomas, siempre las palomas dando a la imagen ese toque de surrealismo, de una tercera dimensión, de sacrificio voluntario, de verlo ahí, justo ahí sin moverse pero siempre en movimiento. De pequeño le preguntaba a su padre por qué no podían comer en ciertos restaurantes, o quién era Rosa Parks, de la que él había escuchado hablar con tanta resonancia. Su padre le contestaba de la mejor manera posible, y le aclaraba que la palabra "valentía" le debe su significado a Rosa Parks. Era como siempre, el invierno al asecho, como un águila que amenaza interrumpir el verano plácido, el otoño aún concebible y descuidado. Sus amigos lo llamaban para salir a jugar, —*Mack, let's go play!*—. Y bajaba las mismas escaleras, con el sol en su rostro y alas en sus piernas. Mack dedicaba tiempo, dedica tiempo, dedicará tiempo a mirar el comportamiento de su padre ante personas de piel amarilla; notará, con cierta incertidumbre, la leve inclinación de su cabeza, el sombrero sostenido siempre con ambas manos, pies juntos, porte indefenso, incapaz de alzar la voz a un tono más alto que el de quien le habla, y verle casi suplicar por algún favor pedido o algún favor hecho; no existía diferencia alguna, la súplica era parte del ritual que su padre aceptaba como normal, como una normalidad impregnada ya en el propio respirar, como tomar agua, como encender la luz de la cocina o cerrar los ojos antes de dormir. Mack no concebía tal devoción, había leído un libro que lleva por nombre: *Adventures of Huckleberry Finn* y lo había deslumbrado a tal punto, que comprendió que un hombre no es libre porque otro lo libera, sino porque el alma de un hombre no puede ser esclavizada. Desde entonces, Mack se convirtió en el antónimo de su padre, aprendió sobre su propia historia y, cuando la oportunidad se presentó, cuando un voluntario fue requerido, no dudó ni por un segundo lo que un hombre de piel negra tenía que hacer en esas circunstancias, lo que cualquier humano debía hacer, lo que hacen, lo que harán, lo que habría hecho Rosa Parks. El escultor temblaba, era un tipo de trabajo que nunca había realizado, que demandaba cierta disposición, cierta valentía. Era requerida la trascendencia del cuerpo, que de algún modo rompiera las barreras del tiempo, pero el escultor estaba acostumbrado a la técnica del vaciado, la cual requiere de barro, arcilla y la preparación del molde. En este caso, no se podía utilizar la técnica del relleno, más bien la creación de una escayola especial que pudiese ser aplicada directamente. Ahí estaban, fotografiando el monumento en Columbus Circle, justo a la entrada de Central Park, cuando su hijo menor le preguntó: —¿Papá, quién es el hombre que cuelga?

Parmenides' Time

Pero el hecho de que venimos del futuro, significa que pasaré por el momento en que empecé a contar la historia, cosa que hasta a mí me aterra, pensar que otra vez volveré al 2021 para comenzar una historia que se supone comienza cuando él cumple los 80 años.

No me pareció extraño porque algunas veces he salido en busca de algo y he regresado con nada, pero aquí la cuestión se agigantaba, en forma de 7 tomos para ser más exacto. Aunque si uno sale por algo y regresa con nada, también ha regresado con algo, con esa nada que ahora usurpa el lugar de ese algo. *À la recherche du temps perdu* siempre ha sido un libro colgado del futuro para mí, siempre en espera, aunque ya lo haya leído hace tantos años, aunque lo haya releído a través de tantos cerebros; entonces no sólo se cuelga del futuro, sino también del pasado y del presente. La cuestión es que llevo una discusión intensa con Proust desde hace 2 semanas, donde le pregunto por qué escribe una página buena y luego me lanza 210 que no merecían estar en los libros.

Lo extraño sí fue la forma en que la historia me sorprendió, porque en la mayoría de los casos he sentido un aire tibio, una especie de susurro, o un zumbido. No se pudo escoger con más certeza a quien contaría la historia. Yo, rebozado de paciencia, me encuentro en los gerundios, los perfectos y todas las voces. Llena de conjugaciones me llega la historia, con gramática entremezclada del latín y otros idiomas.

Yo regresaba al 2121 cuando lo vi desprenderse de mí, desasociarse como si no me necesitase. Tratar de determinar el punto exacto es inútil, lo he intentado infinitas veces. Sólo tengo la certeza de la yuxtaposición, pero no de hacia dónde se dirige, ya que si uno avanza hacia el pasado, ese pasado se convierte en futuro, y si uno viene del futuro, el futuro se convierte en pasado. Yo sólo llego hasta el 2121. Lo recuerdo con claridad porque él apenas cumplía 80 años, y sus nietas le habían regalado un suéter rojo, un reloj gris, y un par de medias invernales.

Él supo de inmediato que algo andaba mal, o que todo andaba bien, no sabía a ciencia cierta, pero sabía que algo había cambiado, que había sido alterado. El día siguiente comenzó como el anterior, abrir los ojos con lentitud, sentarse en la cama por unos minutos, y luego dirigirse al baño. La tarde se pintaba igual, con una nieve fina y brillante que daría a la noche un tono gris y luminoso.

Sus nietas llegaban otra vez con los regalos, con el mismo reloj, las mismas medias y el suéter. Él las miraba entrar y sentarse, conversar, elogiar la foto de la abuela y luego irse a sus casas. Él no les dijo que ya habían celebrado su cumpleaños la noche anterior, pensó que debía ser una broma o un olvidar de la gente joven. Al entrar en su habitación, abrió el armario donde había puesto los regalos y para su sorpresa, no estaban. "¡Vaya broma!", pensó mientras colocaba los regalos en el armario.

Las siguientes semanas (habría que decir las semanas anteriores) el asilo y el mundo seguían su curso. Pasó otro año, otro cumpleaños, otros regalos. Al terminar la celebración, subió a su habitación, colocó los regalos en el armario y se acostó. No le dijo a sus nietas que se habían equivocado en el número, pues no eran 79 años, sino 81 los que cumplía. Así llegaron otros cumpleaños, otros eventos mundiales. Pero si él no avanza con nosotros, es porque se encuentra en el espacio de un tiempo nunca transitado por nada ni nadie.

Yo me percataba por mi capacidad de moverme en todos los tiempos. Al único que no podía acceder era a ese en que él avanzaba. Por lo menos podía verlo aquí, en el presente al que tengo acceso. Desde el 2121 no puedo ver lo que él ve, no puedo saber hacia dónde se dirige.

La historia, para mí que la entiendo, se me rompía en mil pedazos, se convertía en una teoría Hegeliana que termina en una destrucción absoluta; ¿pero y si ese avance positivista no es más que un avance o un retroceder hacia la muerte, y nadie se percata excepto él; un anciano en un asilo, un anciano que no le afectará la apertura del asilo, que para él sería la clausura, pues ya estaría muerto, si no resulta ser inmortal?

19 años volaron. Él ahora tiene 100 años, pero el año para los demás es el 2101. La foto de la abuela rejuvenece, 2 de sus nietas ya no están, han desnacido casi al mismo tiempo que nacieron, se han desconsebido casi al mismo tiempo en que fueron concebidas. Así pasa con todos los humanos, pero ellos lo aceptan como normal, como se aceptaba la muerte.

Debí haber prestado más atención a la creación de ese cuento tan emblemático, sí, lo veo como si fuese ahora, de hecho, iré a verlo, aquí está; claro, 1922, cuando se publica *Ulysses*, 2 años después de la muerte de Kafka, 23 años después del final de la Segunda Guerra Mundial, 79 de la la caída de las torres, y 317 años para la publicación de *El Quixote*. Fitzgerald de alguna manera ya había sentido algo, y por eso escribió el cuento; aunque el hombre nace anciano y luego se entrega a un envejecer joven, a una constante juventud dentro de la vejez. En el caso de la historia, ya había nacido joven, había envejecido, y ahora retornaba a sus orígenes. Llegaríamos a la revolución agrícola y a las primeras ciudades que emergieron en Mesopotamia, la invención de la rueda, los sistemas de escritura, las pirámides de Egipto, el origen de los alfabetos modernos; un retroceso hacia un futuro antes del comienzo.

Él intentó hablar del caso con una enfermera de algunos 35 años, pero fue inútil, ella no sentía tal cambio. Tampoco le creería a un anciano de 120 años que apenas podía moverse por sí mismo y que acababa de descasarse. —¡Recuéstese aquí! —le decía. A través de la ventana vio a los arquitectos que hablaban sobre la renovación del asilo, y recordó con mucho esfuerzo que la nieve empezaría a caer justo al cece de la conversación.

La nieve chocaba con los rayos de luz que se desprendían de los faroles, un amargo suspiro le asaltó, el terrible peso de no ser entendido, de desvanecerse en un asilo donde siempre han existido ancianos que a nadie interesan. Era un contraste, otra yuxtaposición, una paradoja azarosa que lo desligaba con total desprecio del mundo. En un asilo nadie nota a alguien que envejece mientras los demás rejuvenecen, pues siempre habrá rostros arrugados que desmientan la realidad.

Los arquitectos regresaron al día siguiente, se sacudieron las botas antes de entrar, y un café les esperaba en la cocina. Salieron y empezaron a analizar los planos, la enfermera podía escucharlos a través de la ventana mientras cambiaba las sábanas, y una camilla se abría paso entre los arquitectos que miraban el cuerpo cubierto con asombro.

Luego de debatir lo del cuerpo, decidieron llevarlo a la persona que podría entender el misterio. El desenterrador no sabía qué hacer, pues estaba acostumbrado a una especie de eterno retorno retrospectivo. Colocó el cuerpo en un cuarto viejo y se dispuso a continuar su trabajo.

Sí, lo recuerdo como ahora, fue en el año 2021 que la historia me sorprendió sin un aire tibio, sin susurro, y sin zumbido. Ahora comprendo que debió ser porque no provenía de un lugar al cual yo pudiese acceder, porque su futuro me era vedado como a él le era vedado el de los demás humanos.

...Embriones desaparecen, termina y comienza el COVID-19, la guerra fría, el Internet, la carrera hacia la luna, Vietnam, las Naciones Unidas, Segunda Guerra Mundial, la depresión global de 1929, la invención del televisor, revolución rusa, Primera Guerra Mundial, aparece E=mc2, Nikola Tesla, el descubrimiento de los rayos X en 1895, la invención de la radio, el sufragismo, *El Origen de las Especies, El Manifiesto Comunista*, colonización de África, Guerras Napoleónicas, revolución de los esclavos, Newton, muerte de Galileo en 1642, Don Quijote, Hamlet, Colón, el Imperio Otomano, Constantinopla, Los Incas, el Renacimiento, The Black Death (1347-1348), la Civilización azteca, Marco Polo, la primera cruzada, la primera universidad (1088), la pólvora, nacimiento del Islam, la vida de Jesús y el nacimiento del cristianismo, nacimiento del calendario, Qin Shi Huang, construcción de la muralla china, Alejandro Magno, Confusio, Buda, civilización griega, Babilonia, Egipto, edad de hielo...

Sus restos, destinados a un solitario futuro, se evaporaron unas horas más tarde. Ahora que todo está calmado, que el oxígeno se ha expirado, me encuentro en la obligación de surcar otros espacios, de residir en mi propio ser. Suele ser el destino de la ilusión creada por los humanos que les permitía reunirse a la misma hora.

Trascendencia

Crucé las 2 puertas de entrada con absoluta determinación, con el plan de escape ya calculado. La cajera me saludó como siempre, y yo proseguí hasta las escaleras eléctricas que llevan al segundo piso. En el segundo piso, varios adolescentes esperaban con ansias a una escritora; imagino firmará algunos libros y leerá algunas páginas de su más reciente. Antes de llegar al tercer piso, el olor a café ya me había invadido. Se trataba de un señor robusto, con sombrero gris y abrigo negro, de porte tenue y ojos felinos, que hojeaba una revista de neurociencia mientras su café reposaba en el anaquel superior. Tan pronto llegué al cuarto piso, me paseé por la sección de idiomas y libros en español hasta chocar con la pared del fondo; de inmediato hice una derecha y los libros de filosofía y manga me observaban, mientras me conducía hacia la sección de ficción. Me fue imposible ignorar a los adolescentes que se besaban en uno de los pasillos; claro está, todo el trayecto fue recorrido con suma cautela, pues no soy nuevo en este arte, más bien vengo todas las semanas con el mismo objetivo, con la misma determinación de las 2 puertas de entrada.

Tomé a *Crime and Punishment* y a *The Metamorphosis and Other Stories*; luego volví al pasillo de los adolescentes y tomé a *Finnegans Wake* que se encontraba en el anaquel inferior, justo al lado de la pareja. Caminé hacia la sección de idiomas y tomé un método de latín.

Procedí a bajar las escaleras y el olor volvió a invadirme. Los ojos felinos me encontraron a mitad de la escalera, y vi sin interrupción que el señor hablaba con 2 muertos; parecían debatir sobre las regiones del cerebro que albergan la memoria y la capacidad de la memoria a corto plazo. Sin mucha dificultad, navegué a través de la vida de aquel hombre robusto. Lo más interesante parece ser su trabajo en una morgue. Con regularidad conversa con los cadáveres y toma apuntes de descripciones, respuestas y posibles conjeturas sobre la muerte. Me es vedado entender todo lo que hablan, descifro apenas los temas y algunos balbuceos sin sentido; pues el lenguaje de los muertos parece necesitar del conocimiento de un idioma especial, o de un entendimiento singular que trascienda los idiomas. Dejé a *Crime and Punishment* justo al lado del café y proseguí a tomar la siguiente escalera.

Desde el primer escalón, me llegaron los pensamientos de la escritora. Mientras firmaba los libros pensaba en la farsa. Su carrera había sido construida en base a estrategias mercadológicas y a ediciones que apuntaban sólo al incremento de venta de libros, nunca a la construcción de una obra de arte genuina. Contemplaba sus opciones, el martirio la asfixiaba, la depresión era exasperante y la esperanza se encontraba en el Everest, destrozada por el tiempo, carcomida por el frío y abandonada por la repugnancia y el sufrimiento. Dejé a *The Metamorphosis and Other Stories* donde pudiera verlo, donde los adolescentes no pudieran tirarlo a un lado, y tomé la primera escalera.

La cajera terminaba con un cliente, sin duda me recibiría al llegar al primer piso. En su mente flotaban rocas, naves espaciales, tiempos medievales, y novelas románticas. La ilusión la dominaba por completo, la vivía a cada instante. En su mundo fantástico no existían guerras absurdas ni finales apocalípticos; pero en este ahora, en el que le paso el método de latín, la fantasía se desmoronaba, se convertía en un ordenador, en un infrarrojo que escanea un código de barras para luego disparar un precio en la pantalla. Cuando me dijo el precio, lo dijo como alguien que regresa de un mundo del que no quisiera haber salido. Le dije que se quedara con el libro, que no lo llevaría. Me despedí como siempre, con un *"have a nice one!"*, y me encaminé hacia las 2 puertas de salida.

Comenzaba a nevar. Apuré el paso para que no se mojara la mochila y el señor terminaba su café. La escritora tomó el libro y salió por donde salen los escritores famosos. La cajera terminaba su turno y la pareja del cuarto piso me pisaba los talones. Bajé al tren y esperé en la plataforma mientras el señor de ojos felinos pagaba por el libro y la revista de neurociencia. La cajera tomó el tren 15 minutos después de mí, la pareja ya estaba en el mismo vagón que yo, la escritora entraba en su cuarto y colocaba el libro sobre la cama, el señor le leía el libro a una muerta; habría de ser la víctima del libro o quién sabe. La cajera entró en su miniapartamento y enseguida tiró el libro sobre la mesa, para luego volver al mundo fantástico, donde "la ley de la penúltima" pierde su relevancia. La escritora sacó un frasco de pastillas, las ingirió todas sin mucho alboroto, se acostó, y abrazó el libro con la misma tristeza que Gregor sintió cuando le arrojaron la manzana. La pareja se bajó en la misma estación que yo. Al salir de la estación, nos despedimos con una mirada de celebración mientras se conducían a su apartamento. Carlos se volteó para decir algo que ya no alcancé a escuchar, y Emilio le sostuvo la mano mientras caminaban al compás de algún despertar.

Transmutación de un tercer cateto en Decatur Avenue

Ella no quería morirse, no quería seguir el mismo destino al que están condenados todos los humanos, la muerte no significaba una salida para ella; y sin embargo, algo parecido a la muerte era su más ferviente deseo.

Si nos colocamos en el momento justo antes de lo ocurrido, advertiremos que el edificio 3530 de Decatur Avenue sudaba como siempre lo hacía todos los veranos, y que el cementerio vecino danzaba y respiraba un aire nocturno; así como los dos vendedores de cocaína, quienes discutían de forma amistosa en *Gun Hill Road*, pero que ahora se disputaban sobre un cliente justo en frente del edificio.

Resultaría bastante extraño pensar en la posibilidad o las posibilidades que trae consigo un acontecimiento de esta magnitud, pero en contraste con todo lo que puede posibilitarse, se suma la verosímil prueba de un hecho digno de ser presenciado.

Lleguemos pues al instante exacto en que el acontecimiento nació como nacen todos. Ella miraba las estrellas desde el techo del edificio, uniéndolas con el índice izquierdo, hasta que se le cansó el brazo y procedió a unirlas con sus ojos. Se movían de estrella a estrella, creando formas inexistentes que parecían existir en algún otro planeta. Al dibujar una línea que subía verticalmente de una estrella baja hacia una superior, bajar en forma inclinada a una tercera colocada a la izquierda y paralela a la primera, para luego unirse horizontalmente con la primera y disparar una última línea inclinada con dirección hacia la luna atravesando la hipotenusa justo por la mitad, a su vez atravesando la circunferencia de la luna, la cual reposaba justo en medio de la segunda y la tercera estrella, a 450 metros de la hipotenusa, se dio cuenta de que estaba frente a figuras conocidas. Entonces sucedió, se encontró a sí misma en la primera estrella, viajó hacia la segunda, prosiguió hacia la tercera, volvió a la primera, se detuvo a contemplar los 90 grados y luego justo en medio de la hipotenusa.

El destello calmó por un rato a los vendedores, quienes fijaron la mirada hacia el techo del edificio. Desde el cementerio, el sepulturero observó el trayecto con cierto resentimiento. Sin inmutarse, exhaló el humo de un cigarro trasnochado que había encontrado en una esquina de su vivienda, y dijo: —Alguien más, y yo condenado a cavar mi propia tumba—. El edificio, que tenía la mejor vista, no pudo sino aprobar la decisión de la joven. Aún sudando, emanando un vapor hirviente, fijó sus ojos en la discusión que volvía a ser retomada con más ahínco. Ella se percató de que era imposible continuar su trayecto sin antes encontrar la hipotenusa, debía abrir esa puerta a como diera lugar. Se planteó entonces un ejercicio de rememoración que le daría como resultado la respuesta añorada. Se imaginó en el edificio, luego en la primera estrella (E1), subió hasta llegar a la segunda (E2), y se detuvo a calcular el trayecto. 8, ocho era la distancia entre E1 y E2. Sin pensarlo 7 veces, se lanzó con dirección hacia la tercera estrella (E3), sabiendo que aún no encontraría la hipotenusa, incluso al pasar justo en frente de ella y mirarse a sí misma detenida en el centro de la hipotenusa. Llegó a la tercera estrella, y enseguida continuó su trayectoria hasta llegar a la primera. 6, era la distancia que había entre E3 y E1.

La pelea despertó al señor del 2° piso y a algunos del primero. El sepulturero levantó la cabeza desde su silla, y dijo que esperaría al afortunado. El polvo blanco yacía esparcido en el suelo, testigo de lo que ocurría, víctima, causante del amargo desenlace. Cuando el sonido retumbó en las paredes del 3530, la sangre se vio obligada a mezclarse con la cocaína, secándola casi de manera instantánea. La policía ya estaba cerca, mientras, cojeando pero de prisa, procedió a huir de la escena. El otro, boca arriba, miraba el ferviente brillo de las 3 estrellas. El señor del 2° piso había presenciado todo, pero esperaba ansioso el momento más culminante, el último respiro.

Ahí se quedó hasta que se le cumplió su deseo. Excitado por lo presenciado, se condujo hacia la habitación de la joven, abrió la puerta con delicadeza para no despertar a su esposa, que se encontraba en la otra habitación, y la cerró poniéndole seguro, tal como lo había hecho durante años. Al encender la luz la cama estaba vacía. Apretó el puño derecho y enfurecido le pegó una trompada al espejo que lo reflejaba. Tomó una prenda íntima de la joven para limpiarse la sangre, pero no sin antes olerla con locura. Bajó la mano sangrienta, el pulgar y el índice bajaron el zíper y mirando la foto de graduación de la joven, aún oliendo la prenda, empezó a masturbarse con rabia, con los ojos llenos de muerte, con el alma vacía, con el pensamiento tiránico de un campo de concentración. Tiró la prenda sobre la cama, se fue a su habitación y se acostó al lado de su esposa; a quien aún despierta, le brotaban lágrimas de impotencia.

La hipotenusa fue encontrada, la puerta se abrió sin dilatación. 10 era el número que la abría, que mostraba la salida de aquel calvario inhumano. Sin pensarlo, sin detenerse a contemplar las 3 estrellas, sin importarle el mundo y sus malditas aberraciones, cruzó la puerta sin sentir lamentaciones que no hubieran hecho más que agrandar el destello.

La sangre seca y deprimente del vendedor aún adornaba Decatur Avenue, la madre limpiaba los cristales rotos mientras su corazón, por primera vez en muchos años, sonreía al saber que su hija ya no estaba. El edificio, mudo vidente y testigo del martirio, la secundaba, mientras el sol se despertaba sin avisar.

Ella encontró la forma, la salida; y mientras yo me fumo otro cigarro trasnochado, ella ahora reside en el centro de la circunferencia.

Reencuentro

Poe ha sido menospreciado a lo largo de la historia. Se le conoce más por sus cuentos de horror, cuando en realidad escribió de todo y lo hizo de manera excepcional. Si tuviera que recomendar a un autor americano, que brinde al lector una fiel representación de compromiso y devoción hacia la literatura universal, recomendaría sin tiritar a Edgar Allan Poe.

Muchos desconocen que Poe es considerado como el inventor de la ficción detectivesca moderna, y acreditado por su gran contribución al género de ciencia ficción, que surgía en esos tiempos. Entonces, cada vez que uno se encuentra con películas detectivescas, novelas, cuentos, o Sherlock Holmes; debemos agradecer a Poe por su tan maravilloso aporte.

Por estos días en que releo sus cuentos, poemas, ensayos y la única novela que publicó: *The Narrative of Arthur Gordon Pym of Nantucket,* me reencuentro con expresiones y palabras como: *"At length!",* *"Upon", "Persons", "Nevermore"* y otras que ya casi nunca se utilizan en el idioma inglés. Pero he notado con asombro, la aparición de figuras extrañas en sus textos; ocurre siempre cuando en el gerundio de leer, me distraigo o las palabras me cargan en su espalda como un niño que una madre duerme con sutileza y amor, donde me pierdo en un laberinto de vocales y consonantes vivas, digo vivas porque las figuras palpables saltan de las páginas y juegan con mis pupilas dilatadas.

Las figuras se forman en el espacio que existe entre las palabras, a tal punto, que cada párrafo puede ser una figura distinta, es una figura distinta porque cada párrafo es diferente, no existen párrafos iguales, nunca proceden de la misma forma, pues las palabras van cambiando de acuerdo con el curso de la historia.

Escribo todo esto mientras la espero, ¡y vaya que vale la pena esperar! La esperaría todo el día si es necesario; con un jugo de manzana roja y verde, con almendras o leyendo por vigésima vez *The Facts in the Case of M. Valdemar*. Espero llegue pronto, veo que empieza a nublarse y es seguro que no miró el informe del tiempo.

No me gusta el café, a ella sí, por eso se eligió este lugar. El lugar me parece excelente, tiene un toque de antigüedad y unas sillas de madera bellísimas, es acogedor y la clientela parece tener por lo menos la cantidad necesaria de educación requerida para pasar unas horas en tranquilidad. Si te imaginas el planeta, ubicas los continentes, luego Estados Unidos, luego New York, luego Manhattan, y si te distraes por las luces y bajas a Times Square, sólo necesitas subir varios bloques hasta llegar a la calle 82 con Broadway, ubicas a Barnes & Noble y, justo al frente, encontrarás el lugar; antes de entrar puedes verme a través del cristal, sentado y triturando almendras como un chivo, cabizbajo, el jugo de las dos manzanas a mi izquierda, la mochila a la derecha, el cuaderno en el centro, la felpa colocada sobre y en diagonal, el olor a café a mis espaldas y entrando con sublime encanto, belleza y naturalidad, Patricia.

—¿Por qué no me ordenaste un café?

—Justo eso iba a hacer.

—¡Un capuchino para la dama, por favor!

—¡Gracias! ¿Qué es lo urgente que tienes que decirme? ¿Una nueva historia, un ensayo, qué escribes?

—Un poco de todo, pero no es para hablarte en específico de literatura, o sí, o ya veremos...

—¡Oh!, ya veo, esto es acerca del *Planck Energy*.

—Bueno, supongo que tiene algo que ver con eso, pero en realidad nadie sabe el origen o lo que se requiere para entrar en otra dimensión, se supone que esa energía, teniendo la fuerza que posee, puede llegar a convertirse en la misma del *Big Bang* y se podría utilizar para acceder a las demás dimensiones.

—Siempre y cuando creas que el mundo fue creado de esa forma, ya sabes que las religiones controlan a las masas, y para ellos ese *Big Bang* no es más que una fantasía de algún libro plagiado, un *best seller*, pero todo hecho mediante la vulgar mentira del plagio.

—Lo sé, pero yo no descarto nada, mi trabajo no es juzgar a los científicos, a los religiosos, a los agnósticos o a los ateos; ahí es donde se equivocan, todos defienden sus creencias y no se dan cuenta de que si trabajaran en conjunto, se podría llegar a mejores resultados.

—Buena suerte tratando de hacerles entender esa teoría.

—Su café...

—¡Gracias!

—Ahora sí, cuéntamelo como si nunca lo hubieses contado, como si lo que te impulsa a vivirlo te mata y te resucita al mismo tiempo.

Una llovizna esparcida empezaba a golpear el cristal, los pasos se tornaban aún más veloces, y su boca me recordaba un atardecer sublime donde los colores te nadan por el cuerpo, y sientes escapar tu propio ser.

—Bien, empezó con las páginas de Poe, no quería prestarle atención, pero una mañana, ya en el tren hacia el trabajo, cansado por no haber dormido bien, empecé a leer *The System of Doctor Tarr and Professor Fether*. Fue en esas páginas, que me perdí en un plano inconexo, al menos para mí, no entendía, no se justificaba; que ahí en esos párrafos, en los espacios en blanco, se veía un laberinto al que yo entraba sin poder resistirme.

—¡Espera! ¿Cómo es eso de que entrabas, a caso no leías el cuento?

—Leía el cuento, pero también entraba.

—¿Entrabas?

—Sí.

—¿Pero adónde entrabas?

—No sé, pero entraba.

—Podría ser producto de una sobredosis literaria. No sé, Poe, Cortázar, Borges, Joyce...

—¡No! No es una sobredosis, y ya sé por dónde vienes. Cortázar por "El perseguidor", Borges por el laberinto, Joyce por el monólogo interior y Poe por el texto en sí; no, en "El Perseguidor", Johnny Carter, o sea, Charlie Parker, habla sobre una teoría del tiempo, de cómo se detiene cuando viaja en el tren, cómo se adelanta, y si conectamos todo esto con el uso frecuente de drogas de Mr. Bird, entenderemos que no es inherente a lo que me sucede; su teoría es válida, pero el simple hecho de que los dos nos encontramos en un tren al momento del milagro, no da por dado, que yo haya caído en un pozo y que Charlie me hubiese sacado. Conexiones sí pueden haber, por lo obvio, no por una similitud de sinopsis. El laberinto preferido de Borges es el círculo, porque no tiene salida, pero el que vi sí tenía. Joyce no tiene comparación cuando se habla del monólogo interior, basta el último capítulo de *Ulysses*, donde Molly pinta un mundo; pero los signos de puntuación y las paradas de tren no las salto porque conscientemente deseo suprimirles. Las comas, las paradas y los ... ya no existían, al menos no donde me encontraba.

—Y según tú, te encontrabas en otra dimensión, ahí es donde entrabas.

La lluvia continuaba pintando las calles, el segundo café de Patricia ya estaba en camino, yo opté por un jugo de piña con naranja y ella se sacó los zapatos para ponerse más cómoda.

—Creo que sí.

—Es un caso poco común.

—Lo sé, pero el caso es que es un caso, y si existe, debe haber una razón.

—¿Una razón científica?

No necesariamente.

—Entiendo, aquí es donde el mundo se une por el bien de nuestra raza.

—Así es.

—¿Se ha manifestado en otras partes?

—Sí, y con mayor intensidad o locura si así prefieres llamarle.

—¡Continúa!

—Sucede con una señora que está más muerta que viva. La veo todos los días de regreso a mi apartamento, y otras caminando por el parque. Lo cierto es que ya pregunté sobre ella a algunos vecinos y me comunicaron que vive sola y que padece una enfermedad incurable. Pero la razón por la que digo que está más viva que muerta es otra. Al mirarla, me parece verla entrar en otros planos, como si el oxígeno dibujara su cuerpo, dividiéndolo en dos, tres, incluso hasta en cuatro partes; para luego entrar la mitad de esas partes en cada uno de los planos, como si eligiese el mejor, o el que le compete.

—Más muerta que viva.

—¿Perdón?

—Cuando aclarabas la razón te equivocaste y dijiste: "Más viva que muerta".

—¡Oh, Gracias! Quizás sea eso y no lo sabemos.

—¡Espera! ¿Quieres decir que te imaginaste todo esto?

—No. Lo vi.

—¿Y qué relación tiene lo de Poe y la señora?

—Recordarás que en los textos de Poe yo entraba en un laberinto, la señora, de manera más pronunciada, también entra en esas subdivisiones o realidades alternas.

—Entiendo.

—Nadie más iba a creerme Patricia.

—Y puedo ver por qué.

El lugar empezaba a oler a soledad, el cambio de turno había tomado lugar hacía horas, la lluvia había disminuido pero mantenía un paso firme; y través del cristal, la miraba adornar como una especie de aguinaldos transparentes, todo lo que se apreciaba tras su inigualable forma. Patricia pasó al baño y yo continué escribiendo, ahora lo hacía sobre la lluvia, pensaba en que tantos ya han escrito sobre ella, que resulta algunas veces poco creíble todo lo referente a ella. Entonces decidí, que a menos que se me ocurriera algo tan original como "Dos pesos de agua", borraría todo lo que había mencionado sobre ella. Nada que no haya dicho antes, los taxis, las sombrillas, una mujer haciendo una seña, y ¡ah! Eso sí, la librería, siempre una librería es un tema original, se encuentran en ella tantos libros que el simple hecho de mencionar algunos con un ahínco especial, ya coloca el texto en esos lugares poco explorados; pero al mirar con más detenimiento, con más profundidad, diviso entre los espacios de las gotas unas líneas que al encontrar el fondo de la librería se conectan de manera particular, condición que no sucede cuando miro los demás edificios cercanos. Las líneas se mueven, utilizan la lluvia para cambiar de posición, para formar una de las tantas figuras de los párrafos. En esta, se mira con plena claridad una lápida triangular, sin nombre y sin fecha, sin algún mensaje que defina de una buena vez lo que me gritan del lugar que no conozco.

—¿Terminaste de escribir?

—No sé, ya lo sabré al releerlo.

—Creo que es hora de irse, van a cerrar en 15 minutos.

—Sí

Los dos nos refugiamos bajo mi sombrilla, que esperaba paciente, y caminamos hacia la estación del tren 1. Yo debía tomarlo hacia Queens, Patricia se quedaba en Manhattan, unas paradas más abajo. Llegamos al tren y nos sentamos justo en frente de una pareja de ancianos que se agarraban de las manos. Patricia hizo un comentario sobre la belleza escénica y yo me limité a asentir con la cabeza.

Patricia se fue quedando dormida, yo no la desperté al llegar a su parada, me parecía una imprudencia. Abrí el libro al azar, me encontré con: *The Murders in the Rue Morgue*, y no tan pronto había comenzado a leer, cuando la pareja de ancianos se desvanecía ante mis ojos. Miré hacia los lados y nadie se percataba de lo que ocurría, poco a poco se desvanecían, entrando, sus cuerpos entraban en los espacios, juntos, como si al tomarse de las manos aseguraban un viaje inevitable, pero, ¿hacia dónde, adónde viajaban?

—¿Por qué nos detenemos?

—No sé, creo que es una emergencia.

—No me despertaste.

—No lo creí prudente.

—Ohh, así es como me propones que te acompañe a tu apartamento.

—Efectivamente.

—Me parece de lo más romántico.

Supongo que alguien los llamó, pues unos paramédicos hicieron acto de presencia y se dirigieron a asistir a la pareja. No había nada que hacer, sus almas habían emigrado a otro lugar o a otros cuerpos. El tren empezó a moverse una vez que los cuerpos fueron colocados en la plataforma. Patricia ahora me sostenía del brazo, conmovida por la escena. Yo de alguna forma entendía, no me unía a la tristeza colectiva, sino al gran milagro presenciado, sentido, palpado.

Meses después, me enteré de la muerte de la señora. Como buenos vecinos, Patricia y yo acudimos a su entierro. Todo marchaba como de costumbre, sin competencias, lo contrario de "Conducta en los velorios", pero sí con un llanto pronunciado por parte de los familiares. Lo que nos llamó la atención fue la lápida, la señora había solicitado antes de morir que su lápida debía estar en blanco, sin nombre y sin fecha.

De regreso al apartamento, Patricia me preguntó si no me parecía extraño lo de la lápida, le contesté que no, que existen cosas difíciles de explicar, pero que tienen su explicación.

Aquí no pretendo confundir al lector, y entenderé si por alguna razón le cuesta creerme. Lo cierto es que las figuras continuaron apareciendo en los textos de Poe, siempre manifestándose de manera más pronunciada con el pasar de los años. Cada año releía al menos 10 de sus cuentos, pues en ellos las figuras tomaban sus formas más sublimes y emblemáticas; igual que los laberintos, siempre con una salida, obviamente nunca la encontraba mientras los recorría, pero sabía que ahí estaba, justo antes de entrar podía ver el laberinto completo con entrada y salida.

Por un instante pensé que se trataba de un espejismo, ¡vaya iluso! Uno siempre reincide en lo conocido, dejando de lado todo aquello que implica un nivel de entendimiento poco común o aún no explorado; pero sí, leía *The Fall of the House of Usher*, una noche fría, calmada y con un olor a distancia conocida, un olor a espacios, a lluvia, a memorias que se van manifestando de acuerdo con el vaivén de los árboles y el sonido del río pedregoso de la infancia. Del otro lado divisaba el rostro de lo que, sin duda alguna, lo explicaría todo. Yo escuchaba la voz de Patricia de un lado y del otro veía el borroso rostro; y así, como la caída de una antigua casa, fui cayendo, entrando, resurgiendo, saltando entre los espacios y, al mirar por fin el rostro ya formado, ya perfecto, ya no como las figuras y los laberintos, me estrechó la mano y sonriendo me dijo: —*At length!*

Gajes del oficio

La primera impresión que me produjo el Dr. Bonfanti fue la de un niño inquieto que corre detrás de un balón, pero luego de unos minutos, se hacían presentes unas cualidades que al niño le están vedadas. El narcisismo, la arrogancia y la idea de que él era Dios.
—Ya no jugamos a ser Dios —decía con acento italiano.

Las consultas se llevaban a cabo una vez por semana, hasta que tuvimos que agregar otro día. Siempre conversaba primero con Bonfanti y, al salir este, hacía pasar al señor Wood; nunca juntos, pues quería determinar el estado mental de las dos cabezas, y de una forma casi paranormal, el estado de la tercera.

Como es mi costumbre, siempre permito a los pacientes expresarse con libertad antes de hacerles preguntas que podrían ser consideradas intrusas o inusuales; esto me ayuda a construir la imagen de una manera natural, parte esencial en estos casos. El Dr. Bonfanti habló entonces de sus inquietudes y sus sueños más anhelados, expresó deseos que a simple vista parecían inofensivos, pero que al ser combinados o al terminar todos en una idea central, se hacía posible el enmarcarlos en un único objetivo. —La muerte no sienta bien conmigo —articuló con unas líneas maquiavélicas en su rostro que parecían tener vida propia, tener total control de la frase y no el poseedor del rostro.

—¿A qué se refiere? —le pregunté con una sonrisa temerosa.

—Me refiero a que la muerte es una opción, luego de mi descubrimiento claro está (ya que los expertos no son tan expertos). He vencido a la muerte, he vencido a Dios.

—Pero la muerte aún existe.

—Pero ya no es la misma muerte, mi colega, ya no tiene la fuerza que poseía y pronto dejará de existir por completo.

Bonfanti se paró del sillón y se dirigió hacia la ventana, observaba las personas caminar, inmersos en su diario vivir.

—Acérquese y mírelos doctor, ahí abajo está la prueba de que a la muerte le queda muy poco tiempo de vida. Las personas no quieren morirse y yo les voy a proporcionar la solución.

—Ya veo, terminamos por hoy doctor Bonfanti, el señor Wood me espera; al salir, ¿podría decirle que pase?

—Mr. Wood, él es la prueba de la superioridad humana. Por supuesto, ya le informo.

El señor Wood me había comentado sobre los pensamientos grotescos que le asaltaban cuando se encontraba o tenía que hablar sobre Bonfanti.

—Empezaron siendo pensamientos inofensivos —decía—. Pero luego se convirtieron en aterrantes, en impulsos diabólicos que sólo podían deparar en una tragedia maldita.

—¿A que cree que se deben estos pensamientos? ¿Acaso el doctor Bonfanti no le ayudó en su deseo de obtener un cuerpo nuevo?

—Eso es lo que no logro entender. Como usted dice, Bonfanti hizo posible lo que nadie, y me brindó otra vida, pero yo muchas veces no controlo lo que pienso, al menos no después de la cirugía.

—¿Conocía usted al donante señor Wood?

—No, Bonfanti sólo me dijo que la persona había pedido confidencialidad total.

—Entiendo. Sería bueno indagar sobre el donante, quizás nos dé algunas respuestas.

—¿Cuáles respuestas?

—Debo decirle que su caso es único, tanto para mí como para la ciencia; pues usted es el primer hombre al que le han hecho un transplante de cabeza, de cuerpo más bien. De manera que es necesario investigar todos los aspectos, incluyendo el del cuerpo y la cabeza donada.

—¿Acaso infiere...?

—No infiero, sólo trato de entender, ¿o nunca le pasó por la mente la idea de que sus ideas pueden no ser suyas, pueden provenir de algún otro lugar?

—No, el transplante fue exitoso, ¿por qué tendría que pensar eso? Mis memorias, mis pensamientos, mi cerebro, todo está aquí conmigo.

—Todo, excepto su cuerpo.

—El cerebro controla el cuerpo, doctor.

—Así lo dicta la ciencia, pero como le dije, su caso es una excepción, su médula espinal fue cortada y luego unida al cuerpo de otro individuo; quizás los impulsos provengan del sistema nervioso, quizás para el cerebro es demasiado la tarea de adaptarse a otro cuerpo y de controlar al mismo tiempo todas las funciones del sistema nervioso.

—No sé qué decirle.

La sesión terminó de manera brusca; el señor Wood se marchó cabizbajo, como quien cuenta cada paso hasta cerrar una puerta que no quisiera abrir jamás.

—Doctor Bonfanti, me interesa conocer los datos personales del donante.

—Ya se los he dado.

—No, quisiera saber en qué trabajaba, su familia, qué sucedió con su cabeza, etc.

Bonfanti me dio una mirada deplorable y dijo cambiando el sutil acento italiano a uno más cercano al alemán:

—Esos datos son confidenciales, el donante pidió discreción total. Me temo que no puedo ayudarle en ese sentido doctor; como sé que comprende, en sus labores psicoanalíticas también se requiere la prudencia, ¿o acaso no es así, mi colega?

—Lo es, pero usted comprenderá que el caso amerita la información.

—Que pase feliz resto de la tarde doctor, ya le hago pasar a Mr. Wood.

Bonfanti se marchó cortando la sesión, asumiendo total dominio del ambiente, como un rey que dicta las reglas, como un dios que da y quita la vida.

En la siguiente sesión decidí juntarlos; el señor Wood llegó primero, 20 minutos después llegó Bonfanti.

Bonfanti apenas tomaba asiento, cuando el señor Wood empezaba a sudar en intervalos descontrolados.

—¿Cuánto tiempo durará la sesión? —Preguntó el señor Wood.

—30 minutos.

—Perfecto —dijo Bonfanti—. Me espera un paciente afortunado, hoy le doy un cuerpo nuevo; una vez más venceremos la muerte.

—No diga eso Bonfanti —dijo el señor Wood.

—¿Por qué no? Usted es la prueba, Mr. Wood.

—Yo no me siento inmortal.

—Pero lo es, si se cansa de ese cuerpo, me avisa y le busco otro.

—¿Dónde los obtiene?

A esto, Bonfanti tomó una postura seria y seca; mientras mi secretaria abría la puerta para informarme:

—Disculpe, doctor, lo llama un paciente, dice que es urgente.

—¿Quién es?

—Mr. Moore.

—Bien, dígale que puede venir, esta sesión se acaba en unos minutos.

Ese regreso a una conversación que al parecer quedó congelada, pero que continuaba en el subconsciente de los conversadores.

—Ya hablamos sobre eso.

—No conmigo.

—Son datos confidenciales.

—No, yo tengo derecho a saber de dónde proviene mi cuerpo.

—Antes de conocerme, usted era una cabeza con la desgracia de cuerpo que Dios le proporcionó; ahora mírese, ¡levántese! (¡levántate Lázaro!). Venga, Mr. Wood, Camine hacia la ventana conmigo, ¿los ve?, parecen hormigas desde aquí, ¿no?, ellos recibirán algún día lo que usted, ellos tendrán la opción de no morir; entonces imagine ahora, imagine la grandeza, el cambio para la humanidad, seremos inmortales, ¡inmortales!

El señor Wood se levantó del sillón de súbito y se agarró la cabeza, un dolor punzante lo atacaba.

—¿Qué sucede señor Wood? ¡Tome asiento! —le dije acercándome a él.

—¡No! —gritó mientras me daba un empujón que me llevó hasta el suelo, mientras Bonfanti daba dos pasos con dirección hacia la puerta.

Sus manos ahora cubrían el rostro del doctor Bonfanti. Bonfanti trataba de librarse, pero sin éxito. Yo me incorporé y llamé a la secretaria para que alertara a seguridad, cuando una voz procedente evidentemente del cuerpo resonó: —Ahí los ve, ¡únase a sus inmortales!

El cristal no se opuso, y el grito de Bonfanti parecía oscilar entre carcajadas entrecortadas. Una multitud se acercaba para ver la tragedia, y desde aquí sólo pude ver el rostro sonriente de Bonfanti, que miraba hacia la ventana.

Ahí lo tiene, Mr. Moore, es la misma declaración que di a las autoridades.

—¿Y Mr. Wood?

—Lo apresaron de inmediato. Luego del suceso se tiró al suelo mirándose las manos, confundido, parecía que le separaban la cabeza del cuerpo otra vez.

—Gracias por su atención, doctor, llevaré la información a los demás delegados de la empresa.

Planeamos un nuevo proyecto y nos gustaría contar con su asesoría.

—Por supuesto, ¿qué clase de proyecto?

—Digamos que usted maneja muy bien el psicoanálisis y nosotros, bueno... la demanda de cuerpos.

—Entiendo.

—No lo dudo, doctor, usted es una persona con un entendimiento excepcional. Ya me comunicaré con usted para futuras referencias, gracias por su colaboración.

—Hasta luego Mr. Moore.

—Una última cosa: Yo soy la información que se negaba a suplir el doctor Bonfanti.

Ponte esistenziale

Había yo leído infinitas veces "Las ruinas circulares", vagado en el limbo por años ante la indignación que me provoca la dejadez de los humanos para con la gratitud, estudiado con detenimiento un ensayo sobre Cide Hamete, establecido los arquetipos del sueño sobre la base de sus limitaciones y el estudio de las teorías freudianas, profundizado sobre la metafísica y silogismos aristotélicos, y examinado de manera microscópica todas las partes del cerebro humano. Pero descubrí que la respuesta no se encontraba en el sueño, sino en un nivel aún más difícil de acceder: El inconsciente.

Estableciendo que el sueño no forma parte del inconsciente, me aventuré a buscar otras posibilidades. Cuando el cerebro entra en REM, se posibilita el sueño, el cual puede activar todas las regiones del cerebro. Logrando entonces controlar cuándo y qué soñar, me dispuse a entrar a un plano más allá del sueño.

Es menester que entiendas que todo esto fue logrado de forma natural, pues los estimulantes no hacían más que bloquear áreas del cerebro, o intensificar otras, resultando esto en lo que denominé: "Parálisis en movimiento", donde se cumplen parte de los objetivos, pero no puedo trascender al plano deseado.

Las paradojas y oxímoron son muy casuales en este plano, uno puede entrar saliendo, dormir despierto o vivir muerto... Ahí me detuvo una especie de miedo que antes no había sentido, el miedo de morir, de no poder regresar al plano consciente una vez entrara en el inconsciente; porque no hablo de regresar de un sueño, hablo de regresar de la muerte, de regresar de ese vivir muerto, de esa muerte viviente que se habría entonces apoderado de mi ser; porque cuando alguien está en coma, o sucumbe ante una muerte cerebral, el cuerpo se queda, se convierte uno en un vegetal; ¿pero y si en vez de todo eso que ya sabemos, lo que ocurre es una muerte total, un dejar de existir, para si luego se puede volver, se pueda reiniciar como un ordenador? Somos una fuente de energía, esa energía nos mantiene con vida, ¿de dónde proviene esa electricidad que hace que lata nuestro corazón? No estamos conectados como ordenadores, la energía proviene de un lugar indeterminado, proviene de nosotros mismos y al mismo tiempo no; proviene de la nada, de una fuente inagotable y esa es la fuente que debo encontrar para poder volver.

Jung, contrario a Freud, divide el inconsciente en dos partes: El inconsciente personal y el inconsciente colectivo. Yo logré descubrir el personal, pero no indagué lo suficiente sobre el colectivo; debí haber tomado precauciones, debí haber analizado esa parte. Pero me cegaba una ignorancia sabia. Si no puedo regresar, tendré que abandonarme a la idea del inconsciente colectivo, y esperar, esperar a que alguien, o algunos de los que habitan en el mundo consciente, puedan, quizás sin saberlo, traerme de vuelta.

Lo seguro, y esto te lo digo con toda sinceridad, es que ya no sería el mismo o la misma persona, estaría condenado a vivir y sentir de una forma tan intensa que por primera vez vería el mundo como es, y no como yo lo había construido por años; si logro trascender, podré acceder a un plano que yo había considerado antes de llegar aquí, estaría en el "superconsciente". Una vez mi mente haya accedido el estado superconsciente, todo lo que gire a mi alrededor será... dije mente, ¡no!, es posible que ya no necesite una mente, que ya no me encuentre atado, o me rija por las leyes del mundo, no, me habré de regir por las leyes del universo, una mente universal, un universo de mentes, una entidad universal, una totalidad dentro de la totalidad, un infinito, un dios, un Dios.

Yo había vuelto, pero al volver y saborear una trascendencia mínima, una cucharada del plano que me aguardaba, me vi obligado a intentarlo de nuevo, a cerrar los ojos y acceder al mundo del sueño, luego seguir hasta el nivel más bajo del subconsciente, y terminar aquí, en el inconsciente. La paradoja se cumple, "el único camino hacia el superconsciente, es el inconsciente".

¿Pero cómo puede el inconsciente colectivo ayudarme? ¿Cómo puede alguien escucharme si no tiene conciencia de mi existencia?

Tú creerás que la locura se ha apoderado de mí, que nunca alcanzaré el superconsciente. Creo que quizás tengas razón, quizás he esperado ya mil años y no lo sé, mi cuerpo terrenal seguro enterrado, sugiere que no puedo regresar al mundo consciente, que ya no hay marcha atrás; pero yo me aferro a la idea, me aferro a esa inexistencia que existe, a esa palpabilidad impalpable que siento.

Todo es nuevo, un niño que por primera vez sonríe, la primera gota de lluvia, el olor a sal, el azul, un delfín, el horizonte dividiendo el sol justo por la mitad, no, un poco más de la mitad, el viento, no el de ayer, sino el viento de hoy, caer de espaldas sobre la arena, y atravesarla, bajar, bajar, bajar, bajar, bajar, bajar hasta caer desde el cielo en el mismo lugar, el mar desaparece, me levanto y camino, el sol sigue ahí, la arena también, la temperatura sofocante, un león camina a mi lado, una serpiente, un pez negro que juega sobre la arena, al final el sol, y yo camino hacia él, los cocoteros nacen, una nube sobre mí, llueve, relámpagos, un río, un puente, camino sobre el puente, ya no es puente, es un tiburón que nada sobre la arena, llego al sol y al entrar me encuentro contigo, habré de recordar entonces "Las ruinas circulares", habré de recordarte; tan tenaz, tan empecinado en abrir la puerta, tú, caballero de los leones, era previsible nuestro encuentro, tan lógico como algún refrán de tu fiel amigo, como esas andanzas memorables, que sin yo saberlo me acercaban milímetro a milímetro a un plano desconocido, a la construcción de un mundo dentro del mundo, la lucha de la ficción contra la realidad, donde la ficción termina por consumirla y convertirse en más de lo que era; pues cuando se logra trascender a tal magnitud, se logra acceder a un plano donde la realidad ya no dicta las reglas.

Limitaciones inexistentes, claridad incluso dentro de las sombras, me definen ahora, me colocan en un estado de totalidad inimaginable, donde el sentido es cobrado por las infinitas posibilidades que se muestran. Pero tú lo lograste mucho antes, no tuviste la necesidad de llegar hasta aquí; tú ya surcabas el inconsciente mientras estabas consciente, y residías en el superconsciente cuando embestiste contra los gigantes, cuando decidiste acabar con el sueño, y destruir esa vaga construcción que se impone y se reniega a desaparecer. Yo no pude, no entendía cómo, nunca pensé que la forma de trascender era dejando una totalidad para entrar en otra.

Ficción-Realidad

Lo despertó el sonido del césped que el viento acariciaba como la arena del Sahara acaricia los rayos del sol, y los brazos tibios y siempre fieles de un padre abrazaban al hijo que marchaba hacia la guerra.

Se puso de pie y contempló el verde horizonte por unos minutos, pensaba en los ruidos de la ciudad, apreciaba la tranquilidad, lo cautivaba el silencio. Caminó hacia el baño con la lentitud de los que cargan un ataúd, se sentó en una silla de madera, ya en la cocina, y abrió el libro que había dejado sobre la mesa la noche anterior. Era el capítulo 18, la misma edad del soldado. Deslizó sutilmente sus dedos sobre la página derecha y, se dispuso a reentrar en un mundo fantástico.

Aprovechó que había un asiento desocupado (cosa bastante rara en Londres a esa hora), se sentó, ladeó su falda azul hacia la izquierda y cruzó las piernas. Mientras sacaba el libro de su bolso, notó que un joven le sonreía; ella devolvió el gesto con un aire de poca importancia. Abrió el libro en un capítulo primo, y se conectó con el mundo.

Las balas cantaban al ritmo de la novena de Beethoven. No podía pedir mejor escenario, tan suicida, tan vivo y próximo a la muerte. No había nada que describiera mejor la vida que la muerte, eso lo entendió en pocos segundos, nunca había experimentado tanto en tan poco tiempo.

Cerró el libro en un capítulo primo y se fue hacia el pueblo. Mientras conducía sin prisa, saludaba a un grupo de alpinistas que recién llegaban de Glasgow. Entró en el restaurante y se sentó en su ya casi acostumbrada mesa. La camarera le llevó el menú, y él se distrajo un poco al verla marchar con su *swing* erótico. Pidió un desayuno sencillo, huevos con tocinos, papas y un jugo de naranja —es difícil concentrarse en la historia con el estómago vacío— pensó para sí. Alzó la vista por dos segundos para mirar discretamente al joven, luego se volvió a perder entre las páginas, mientras el tren, a sólo 82 años de su creación, avanzaba con la paciencia de algún coronel quien espera que le escriban. Pagó la cuenta con una propina bastante generosa, se despidió de la camarera y se fue hacia su auto. En la radio escuchaba *Bibia Be Ye Ye*, de Ed Sheeran, sin poder ignorar la similitud con alguna canción de Juan Luis Guerra, y luego pensar en los años que se había ausentado de su tierra caribeña.

Der Führer dijo a sus comandantes que dieran la orden de pelear hasta el final. Los soldados alemanes ya habían tomado gran parte de Europa y se disponían a atacar Moscú, mientras él sólo pensaba en las palabras de su padre, en regresar a casa. No entendía por qué los seres humanos debían matarse entre sí, se le nublaba el pensamiento, se le agotaba la esperanza.

Entró en la casa, se sirvió un vaso con agua y abrió el libro en el capítulo 22. El joven no paraba de observarla, sentía un impulso inexplicable de admirarla como a una obra surrealista, de perderse en ella, de tratar de descifrar lo que leía, lo que la ataba tanto a ese libro. —¡Avancen!, ¡fuego!—, se atrincheró detrás de unas paredes frágiles, esperó a que sus compañeros avanzaran primero, sus tímpanos ya no eran suyos; sus ojos, ya neblina; sus piernas, incapaces de seguir, le abandonaban, cuando una repentina bofetada lo sacudió, entendió que debía avanzar. Levantó su rifle, apretó el gatillo y empezó a disparar a los alemanes que avanzaban sin miedo entre la lúgubre atmósfera de una guerra que nadie habría de ganar, disparaba como quien busca la salida de algún laberinto, el cual ha recorrido por 4 años.

Tomó un sorbo de agua y pensó en la camarera, en lo bella que era, en la sensualidad de sus caderas, en sus ardientes ojos verdes y en sus labios húmedos. Había acudido al mismo restaurante todas las mañanas desde que llegó a Creetown. Siempre la observaba, pero sin ser capaz de decirle lo que realmente pensaba, la miraba con su falda azul, con el libro intrigante en sus manos delicadas. Ella levantó la vista y le sonrió, el tren se había detenido en una parada muy transitada, ella bajó la vista lentamente y se volvió a perder en las oraciones calculadas del libro, él se sacudió de la mente a la camarera para perderse otra vez en la historia. El joven se arregló un poco la chaqueta de su impecable uniforme, aseguró su maleta entre sus piernas, miró el reflejo de su pelo en sus zapatos y alzó la vista de nuevo, para perderse en ella.

Lograron resistir a los soldados alemanes, la guerra había terminado, dejando 61,000,000 de muertes de un lado, entre las cuales 45,000,000 eran civiles; y 12,000,000 de muertes del otro lado. 4,000,000 eran civiles. Por algunos años, el mundo respiraría paz. Los soldados marchaban a sus casas, pueblos y ciudades que los recibirían sin trabajos estables y sin agradecerles por su servicio; salvo los familiares que agradecerían verlos regresar con vida, de la muerte que es la guerra.

Esa mañana manejó como de costumbre, se sentó en su mesa ya habitual, y esperó a que la camarera de ojos verdes se desocupara. Esta vez él le sonrió primero y ella le devolvió la sonrisa, ordenó lo de siempre y antes de irse se aseguró de dejar una cita pendiente. De camino hacia la casa, la radio cantaba una canción de 1981, *Don't Stop Believin'*, y se dejó arropar por un sentimiento inexplicable, pero presente como todo lo que no se explica.

Abrió el libro en el capítulo 24, dispuesto a leer las ultimas líneas de la historia. Acarició la página izquierda y se desintegró en las palabras.

Ella sabía que se bajaba en la siguiente parada, así que alzó la vista para mirarlo de nuevo, se sonrieron, pero ninguno se atrevía a hablar, él por no molestar su lectura y ella por algún miedo absurdo o por una absurda cultura establecida que dicta que una mujer no puede empezar una conversación con un hombre. Lo absurdo sería dejar escapar algo que nunca podría volver, por temor no a él, sino a lo que dirían los demás. Ella volvió a mirar el libro, esta vez por disimulo, pero no pudo ignorar la coincidencia de lo que estaba ocurriendo; era una mezcla de ficción-realidad a la que no estaba acostumbrada, pero pensó que podría ser sólo eso, una coincidencia.

Las puertas del tren se abrieron, él se levantó primero, se arregló la chaqueta de su impecable uniforme, sus zapatos resplandecían, su porte erguido lo describía como lo que era, y le brindó una sonrisa a la joven del libro intrigante. Ella se levantó segundo, se arregló su falda azul, su sombrero hermoso y nunca antes mencionado, tomó su bolso, él tomó su maleta, ella sostenía el libro en sus manos, y salieron del tren. En el andén, esperaba un señor impaciente; cuando lo vio, sus ojos brillaron igual que la primera vez que lo vio nacer. Se abrazaron y lloraron juntos, él le quitó la maleta de sus manos, él le dijo lo mucho que lo extrañó, él le elogió su uniforme impecable y él le dijo que lo amaba. Ella presenciaba el acto en silencio. Aún confundida, se sentó en un café, abrió su libro intrigante con prisa para terminar de leer el capítulo 24 y último del libro. Sonrió y se marchó pensando que no era una coincidencia, pero que sí era una mezcla de ficción-realidad; entonces él cerró el libro, pero no sin antes preguntarse por qué la historia no tenía un final amoroso. Se levantó de la silla, caminó hacia el patio, miró el césped con júbilo, pensó en el

Sahara, en la caricia del viento en su cara y en los labios húmedos, con los que él habría de juntarse esta noche.

Esclavitud, pensamiento, libertad

Sé que la pregunta llegará más temprano que tarde, porque no se puede evitar el deseo de saber, la curiosidad desesperante que produce una espera lenta que se arrastra sin parar hasta llegar al punto exacto, donde el sol se dibuja en una noche turbia, donde las tierras sueltan sin recato una lluvia precipitada, que cae para ser amortiguada por las nubes sedientas.

Resulta difícil moverse durante el día, los rostros difusos pueden confundirse con cabras y caballos, las piernas parecen por instantes tener piel de serpiente; los brazos no, los brazos siempre se los imagina uno como alas, como palos de billar, o como cascadas sinuosas que desembocan en balnearios diáfanos.

De noche todo es más claro, aunque por momentos quisiese uno que fuese de día, quizás para volver a dormir, para mirar las estrellas, para salir y respirar el frío, o qué sé yo; para convencernos de que existe un estado al cual podemos recurrir y sabernos más libres, sin esas labores nocturnas del trabajo, siempre esperando las 5, las 6, para resucitar, para sabernos fuera del alcance de todo yugo.

El hoy para mí es un tiempo al que le tengo mucho aprecio, recurro a él para recordar que tiene una concatenación vehemente con mi pasado. En el hoy se encuentran esas memorias lejanas a las que vuelvo como un reloj obediente que recorre una y otra vez ese círculo de la muerte, no puedo sino recordar mi hoy, ese hoy que nunca volverá; pero si fuera como el pasado, si pudiera yo escribir esto en el hoy en vez del ayer, si pudiera yo eliminar el presente y me quedase solamente en el pasado, qué maravilla sería. ¿Pero acaso no es así?, ¿acaso no vivo yo en un pasado eterno, en un círculo de la muerte que comanda el orden desordenado, que me dicta las reglas, que me lanza de cabeza contra el propio pasado, convirtiéndolo en arenas movedizas, en las que me hundo sin presente?

Sí, lo sé, sé que la pregunta llegará más temprano que tarde; pero ahora que llega el invierno con sus brisas cálidas, con la poca ropa, con los viajes al río, con las minifaldas que piden ser levantadas; pero cuidado; porque las mujeres se las ponen con nombre, me explico: Ellas ya tienen predestinado al muchacho que las va a levantar, entonces es inútil hacerse ilusiones, el pensar que puede uno acudir a esa llamada que ya tiene dueño; por eso a algunos sólo nos resta admirarlas desde lejos, y ver cómo llega el muchacho predestinado, podríamos llamarle "el elegido", porque ellas eligen señores, las mujeres siempre eligen, y uno por acá pensando que no, que la mujer de aquella pareja que ayer veo sentados en el parque, brindándole él un helado en este caluroso invierno, fue elegida por él; iluso, iluso el que piense que es así, y ella con una mirada me lo confirma, me dice que ella ha elegido y que cuando quiera puede deselegir, cuando quiera, puede ponerse una minifalda y elegir al no elegido.

Yo me distraigo bastante, inmerso en mí mismo, es por eso que vine al parque, para refrescar un poco el cerebro y mirar las cosas de otra manera, quizá pensando que algo puede llegar, uno siempre espera, enganchado, varado en ese pasado continuo que nos restriega la cara. Pero desde aquí por lo menos observo, y qué suerte que es de noche, así puedo ver bien los rostros, de día es un problema pero ya hablamos de eso, hablo de eso quiero decir; ¿ven? Ahí está la prueba, mi distracción, es inevitable, mi mente parece por momentos volar y aterrizar en pantanos lejanos que nada tienen que ver con este parque, o quizás sí, quizás tenga todo que ver, quizás todo tenga que ver con todo, yo lo creo así, he llegado a la conclusión de que todo está conectado, de que la mujer que me miró ya sabía que me iba a mirar; que aunque el martes llegue después del viernes y el jueves después del sábado, uno siempre sabe lo que sigue, todo se conecta, ¿cómo no se me ocurrió antes, antes de salir, antes de mirarla, antes del grito lejano de la señora?

La pregunta llegará, sé que ya llegó, como de igual forma ha de llegar otra referente a los meses. Pero cómo iba yo a saber que en el mes de orene se produciría tal acontecimiento, a tan sólo 5 días para que entrara el mes de ozram; cómo se me iba a ocurrir que él no encajaba, que no entraba en el círculo de la muerte como todos nosotros, sino que lo alteraba, lo hacía detenerse y al mismo tiempo lo disparaba hacia el presente. Pero aquí en el pasado, casi todo le era nuevo, le costaba comunicarse y entender muchas de las palabras más comunes, muchas de las costumbres nuestras.

Ahora la mujer que eligió se ha quedado sola, me mira como si me conociese, total, me ha mirado desde que se sentó y cruzó las piernas de una manera donde un pequeño espacio de tiempo se congelaba, y me mostraba lo que ella quería que yo viese, lo que ella ya había planificado antes de sentarse en ese banco. No me cabe duda, fue su idea, pues el señor que la acompaña es sólo una elección hecha por ella, que en realidad no representa mucho, sólo el carro que parqueó en la esquina, y los billetes con que paga los helados. Pero sí, su sonrisa me invita a que me pare y me siente a su lado antes de que él regrese. Ahora efectúa de nuevo el cruce de piernas, congelando por un período más prolongado ese momento exacto, asegurándose de que mis ojos agarren el mensaje que ella elige, que ella ya ha utilizado en otras ocasiones; pues lo hace con tanta facilidad y soltura, como si fuese una rutina nocturna. Pero yo no me muevo, me arraigo aún más a este banco, la sola idea de que él no encaja no me deja actuar (porque quisiera, quisiera sentarme a su lado y saciar este deseo que ella eligió) no me deja tan siquiera disfrutar del sol en esta noche tan cálida que el invierno ha decidido brindarnos, en el mes de oiluj, un seveuj como cualquier otro; lo que me recuerda que ayer es ognimod y tengo que trabajar tarde.

El día sube, y a pesar de eso la pregunta continúa rondando, ya puesta en marco de cristal, inservible como los pergaminos que se cuelgan de las paredes, principalmente los que otorgan las universidades. Pero ha surgido, y puedo imaginarme por qué, puedo incluso entender que muchas veces ni yo me entiendo; ¿pero y si lo que quiero decir es eso? Si lo que quiero decir se añade a una nada no conocida por nosotros, entonces sí nos entendemos. Porque si lo que yo quiero decir se vuelve humo, es porque a mí también se me escapa, por eso vine al parque, porque a pesar de que lo ocurrido sucedió hace meses, yo no había tenido tiempo para pensar y ordenar las conclusiones. Ahora se ponen de pie, el señor se ha despedido y se dirige a su auto, ella gira la cara hacia mí, hacia su izquierda que es mi derecha, y la veo caminar, paso a paso, siempre congelando el momento exacto para que no se me escape la razón por la que acude a mí. El señor debe esperarla; entonces brilló el anillo en el anular izquierdo, resplandeció como mandando una señal, que me trasladaba hacia él, que me recordó por qué vine, y me colocó justo en el momento que por primera vez lo vi, cuando habló, cuando dijo que esta vida era una mierda.

Nunca le pregunté de dónde había venido, supongo que de algún otro planeta o alguna tribu, porque su forma de hablar lo delataba, el no poder entendernos, y la confusión con algunos tiempos gramaticales y los meses. Los meses eran algo que lo ponían de vuelta y media. Por más que yo le decía que el primer mes del año era orene, y que sólo teníamos 6 meses en un año, él se empecinaba en decirme que el primer mes era enero y que hay 12 meses en un año. Lo mismo con el pasado y el presente. Él decía que existe el futuro, y yo le aseguraba que no, que lo único que siempre ha existido es el pasado y el presente, donde el pasado es el ahora y el presente es el ayer. Sostuvimos interminables disputas sobre todo esto, pero al final él terminó enseñándome a mirar las cosas de otro modo, a pensar por mí mismo. En poco tiempo ya sabía hasta el orden de los días de la semana cómo él se los sabía, empezando por el lunes y terminando con el domingo.

Nunca habló de su familia, se limitaba a hacer su trabajo y yo el mío, total, para repartir botellas de agua por la calle no se necesita saber demasiado. Fueron sólo algunos meses los que compartimos, pero sin duda alguna aprendí bastante de sus costumbres y lenguaje. Pienso que ahora mi deber es compartir lo que aprendí, sé que a muchos les va a interesar la idea de sentir las cosas de otro modo, de que existen otras posibilidades aún no exploradas por nosotros, que podemos ver el día como noche, la noche como el día; que el miércoles puede colocarse luego del martes y antes del jueves, que el verano puede ser cálido, y que en vez de 6, tengamos 12 meses, 14 si nos da la gana. Podemos despertar y darnos cuenta de que todo lo que conocemos ha sido una prefabricación para mantenernos distraídos, hipnotizados dentro de una burbuja con el objetivo de controlarnos, porque quién quita que yo, un distraído como yo, que se olvida por momentos hasta de lo que tiene en frente, pueda despertar del sueño, de la pesadilla quiero decir, que nos han vendido, que nos han forzado a tragar.

Ella se sentó a mi lado y con una sonrisa que dejaba ver su verdadera intención, me saludó con un hola casi susurrado.

—Hace calor, ¿verdad?

—Sí.

—La verdad es que no tengo mucho tiempo, sólo vine a decirte que te andan buscando, huye lo más lejos y lo más pronto posible.

—¿A mí?, ¿y eso por qué?

—Tú ya sabes por qué.

Al levantarse y alejarse con un movimiento que hacía inevitable mirar sus caderas hamaquearse de un lado a otro, dejó su perfume enganchado en el aire. Yo moví un poco la cabeza, tratando de respirarlo con una indescriptible intensidad, sintiendo a cada instante cómo se me escapaba, cómo se volvía nada con el tictac de la muerte. La vi entrar en el auto, lanzarme una mirada como de miedo, como de angustia, como de deseo; no sé, es lo de siempre, se confunde uno con las mujeres y esas miradas, que incluso en los momentos más serios no está uno seguro de lo que dicen o no dicen cuando lo miran a uno de esa forma;

inútil el tratar de adivinar, de perseguir ese rastro que dejó pintado en la calzada.

A él le parecía tan intrigante el orden de las cosas, las diferencias en las palabras, y el sentido inverso del pasado y el presente, pero a su vez admitía la coherencia y el sentido que traían consigo el orden de las cosas, pues si bien en su vocabulario existía el futuro, estaba condenado a no poder tocarlo; fue ahí, cuando se dio cuenta que faltaba algo, y que alguien había creado la ilusión de ese algo, de ese intocable algo. Pero las cosas suceden siempre como una rutina programada a cuya angustia nos adherimos; ahí está, ahí estaba el futuro, saberlo era esclavizarse a lo que de ante mano se sabe que va a ocurrir; pero tener conocimiento, respetarlo, entenderlo profundamente, significa que se sabe que es intocable. —Intentemos entonces —dijo él—. Hablemos en tu pasado que es mi presente y en tu presente que es mi pasado.

—Si bien en tu invierno que es mi verano, se dan cita los más cálidos días que son mis noches, quisiera decirte que un día de esos, de los tuyos, salí a caminar sin rumbo; y tú dirías que los rostros no estaban difusos, pero para mí sí, para mí ellos cambiaban de forma, incluso se intercambiaban unos con otros, no podía yo cruzar una calle que no los mirase con sus colmillos, o con alas de murciélago. Caminé toda la calle Duarte hasta llegar al parque, en lo que para ti sería el mes de orene y para mí el mes de enero; me senté a mirar las horas pasar, esperando ese futuro que es inexistente en tu pasado, y ya hablando más adentrado en tu idioma, pasó de la manera siguiente: Aquí estaba sentado, aquí miraba todo transcurrir como siempre, aquí encuentro lo que ya me depara la vida, me levanto y empiezo a caminar de nuevo, esta vez con rumbo a una vida que tú ya conoces, que todos conocían, pero que por alguna pregunta que se balanceaba como ayer se balancean estas palabras entre tu pasado y mi presente, no logro encontrar la respuesta, no lo logro hasta que ya fuera del parque, caminando como ayer, como este ayer del presente, te encuentro, perdón, te encontré, quise decir.

Pensé en levantarme y caminar, creí incluso haberlo hecho; pero no, aún estoy sentado en el banco, y la mujer aún camina hacia mí. El señor la espera en el auto, mientras ella, se sienta a mi lado, saca una pistola de su bolso y me apunta debajo del brazo, para luego susurrarme: —No te va a doler. Y tuvo razón, yo estaba tan enfocado en él, tan distante o cercano a la realidad, que sólo escuché el grito lejano de alguna señora que presenció lo ocurrido.

Sí, lo sé, sé que la pregunta llegará más temprano que tarde.

Metempsychosis

Guiado por lo que siempre guía, se apartó de la ciudad en busca de una soledad que le brindara la vehemencia o tradujese el sueño a un idioma entendible. Soledad que iluminara el razonamiento y se uniera al ferviente deseo de escribir una historia, que más que diferente, fuera (para él) un encuentro con su alma, una caricia de nube, unos palpitares lejanos, un rocío, un vuelo sobre aguas saladas, donde una visión diáfana descubriera las entrañas del océano, y por un instante, por lo menos, entender la pregunta de la respuesta que ya conocía, pero que no se atrevía a aceptar.

Al llegar a la cabaña, la puerta estaba abierta, no recordaba si la había cerrado o no. La cerró sin pensarlo mucho y con tinta y hojas procedió a transcribir el sueño.

Pude ver su alma, la sostuve por varias horas, luego se alejó despacio, por la rendija de la puerta. Al volver, me habló de los lugares donde había estado, me contó que llevaba muchos años navegando el mundo, viviendo, sintiendo, ocasionalmente llorando y Alex es quien soy, Alex, me repitió con una duda visible, como si su alma no estuviera totalmente segura o convencida de su propio nombre, como si su alma fuera lo que lo entretuvo antes de encontrarme, antes de que yo lo soñara.

De día pensaba en lo que Alex me había dicho, en los lugares donde había estado. Sentía una conexión especial con él, especial porque aún no logro explicármelo, porque él también escribe, y eso, eso me sacudió de repente. Supongo que cuando se tiene algo en común con alguien, se mira a esa persona de una forma diferente, se siente uno en confianza, se habla con más libertad, más aún si ese alguien es el alma del propio individuo. Lo animé a que me contara sobre sus escritos, y me dejó perplejo con la que según él era su obra más importante.

Lo había pensado y sospechado durante años, había yo sentido las señales como el agua caliente que se estrella contra la espalda. Por momentos entraba en un lugar familiar, pero en el que nunca había estado; entonces me decidí a escribir sobre el fenómeno, con miedo a lo que me podría ser revelado. Y es que se convence uno de las respuestas no placenteras que se descubrirán al asumir la tarea del auto-descubrimiento. Yo lo había sentido sin duda, se me enredaba con los pensamientos más lúcidos, pero nunca en sueños; hasta que por casualidad (y vaya usted a saber si eso existe, yo creo que no, que sólo existe lo que existe, y que existimos ya encontrados, ya predeterminados a encontrar) leí sobre él, para quedar entonces más confundido e incrédulo al hecho inevitable de lo obvio. Orpheus era su nombre, había muerto hace muchos años. Investigué sobre él, y descubrí que también era un escritor. No le di mucha importancia, él me la dio a mí, yo no le veía como se miran los ojos de una mujer con un alma ardiente, más bien le veía como un alma ardiente, y luego, no tan luego, veía a la mujer. Siempre fue así, éramos inseparables, pues siempre encontraba la forma de acercarse a mí, siempre sentía que lo que vivía no era tan mío, como lo era de él, no sentía que yo era una versión original de mi alma, no mientras él me recordaba nuestras similitudes.

La lámpara que iluminaba la cabaña podía vislumbrarse desde lejos, a través de la ventana; él miró el movimiento de los robles cambiar bruscamente, hamaquearse contra la cabaña, produciendo un sonido normal, normalmente normal en su completa normalidad normalizada, que para algunos podría significar una significación mayor del significado significativo de una normalidad normal; pero en este caso no apuntaremos a confundir al lector con sonidos que apuntan a producir miedo, no escandalizaremos un escándalo que se ausenta, ya que escandalizar escándalos escandalizantes escandaliza la posibilidad de un escándalo de miedo que termina por confundir una confusión confusa envuelta en confusiones confundibles e innecesarias que definitivamente se pueden evitar evitándolas negándolas sin negar la negación que se podría producir al intentar engañar al lector.

Alex me dijo que había muerto de un cáncer pulmonar, y hasta el momento yo no había pensado en la posibilidad de que estuviera muerto, o vivo; no me había detenido a pensar en eso, quizás porque lo sentía tan cerca, tan vivo, tan familiar, tan presente en su totalidad como alma, que no imaginé que alguien así podría estar muerto. Orpheus me mostró parte de sus obras, y entre ellas se encontraba una que me pareció intrigante: *"Transmigration of the souls"*. Había dedicado gran parte de su vida y de su muerte, a la investigación de este fenómeno. Orpheus estaba convencido de que las almas son divinas, que de alguna manera podían ser infinitas, en un sentido renovable y no renovable al mismo tiempo.

El viento que entró por la ventana casi apaga la lámpara, y él se levantó a cerrarla. Volvió sintiendo un poco de frío, ha de ser por el mes, o por alguna anomalía personal y única que tal vez él posee, quién sabe, cómo puede uno saber el porqué le da frío a alguien en un momento determinado, si es el mes, es lógico, si es el viento, no lo es, no a todo el mundo le da frío el viento, pero si digo que es por el mes, quizás me crean y así se quede, pero ¿por qué? ¿Por qué tendría un mes que dar frío, o un lugar, o el viento? Yo conozco a personas que les encanta el frío, que se les importa el mes, que no se distraen con cosas que aparentemente no significan nada, pero que entienden que quizás todo cobra sentido en algún momento, en algún plano, como en el momento en que se dice que él se puso un abrigo blanco (¿por qué blanco?) y volvió a escribir sobre Alex y la conexión con su alma.

Alex trataba de decirme algo que yo no lograba entender del todo, siempre hablaba de las almas y siempre decía que de esa forma podía yo entender mejor; pero me hablaba de una forma casi insegura, como si alguien le dijese lo que debía decirme, como si esperara por noticias y luego me las dejaba saber.

Orpheus se manifestaba cada vez más, imponiéndose a veces a muchas de mis decisiones. Era yo quien las tomaba, pero de alguna forma sentía que esas decisiones no eran en su totalidad mi idea. Un día como cualquier otro, como cuando te pones un abrigo blanco, me sorprendió escribiendo un párrafo sobre las almas; entonces, me sujetó la mano y escribió: "Nuestros encuentros tienen una explicación lógica, pero no son aún entendidos por la lógica que tú conoces; es innegable, he triunfado en mis afanes vivos, y sólo pude entenderlo después de la muerte". Me soltó la mano y no pude evitar sonreír, no pude evitar sentirme halagado y conmocionado al mismo tiempo.

El viento incrementó su fuerza, sacudiendo los robles como si fuesen algodones del desierto. Uno de los robles se estrelló contra la puerta de la cabaña, él se levantó y fue a exhumar el enigma. Trató de abrir la puerta, pero no pudo, la mitad del roble la bloqueaba; entonces, intrigado por el rugir del viento, abrió la ventana con ansias. Los robles volaban en diversas direcciones. Él veía un espacio; dentro del espacio, nubes; dentro de las nubes, puntos negros y blancos, y más robles. Intentó salir por la ventana para desbloquear la puerta, pero se dio cuenta de que la cabaña no tocaba el suelo, y él se encontraba atrapado en una especie de universo flotante. Volvió a introducir su pierna dentro de la cabaña, atreviéndose por primera vez a aceptar la respuesta.

Él cerró la ventana con una sonrisa sincera, se volvió a sentar, y entendió perfectamente lo que Alex trataba de explicarle con el lenguaje de las almas. Él no quiso poner un final a la historia, sólo le agregó otro párrafo donde se imagina que Orpheus y Alex también se encuentran en una cabaña como la suya, divididos por espacios, tiempos, nubes y robles flotantes.

Él me enseñó el viaje de las almas de escritores eternos, me mostró la cabaña donde se hospeda su alma; pero más importante que todo, me ayudó a entender esos sueños que yo también he estado teniendo, esos sueños que, de una u otra forma, seguirán siendo soñados.

Alienación

Las ciudades son un libro cuyas páginas se reescriben infinitamente. Cada persona constituye una de esas páginas. Así cobran sentido los cambios repentinos, las mentiras, los pensamientos acusadores y la posibilidad de adivinar el final de la historia.

Cuando pertenecemos a una ciudad determinada, y somos parte de una rutina predecible e impredecible al mismo tiempo, los parámetros que rigen los pensamientos empiezan un proceso de adaptación casi involuntario. Es entonces cuando las ciudades se mueven al ritmo de una monotonía desesperante, cuando los ciudadanos adoptan ciertas costumbres inadecuadas.

Mi nombre es Ivonne, tengo 26 años, un perro llamado Lion y dos exnovios que aún me molestan. Vivo en Manhattan y no me gusta la comida recalentada. Lo que sí me encanta son las mañanas tibias, el olor a primavera, el *shampoo* fresco, los versos de Benedetti, las novelas de Márquez y algunas veces lo que escribo. Pero yo no soy importante, al menos no tanto como la historia que te quiero contar. Debes saber de antemano que mis palabras son inquietas, que saltan de un lado a otro y que muchas veces no siguen reglas fijas; salvo algunas veces, cuando lo que escribo se distancia de mí misma; me refiero a que por momentos no sé si soy yo quien escribe o alguien más.

Aquí, en New York, las historias vuelan libres, te pasan por el lado, te saludan, te hablan, incluso pueden decirte que te vayas al diablo; así son, como los hombres infieles, que mientras más se encariña uno con ellos, más se divierten ellos con las demás. He estado saliendo con un muchacho humilde... ¡Pero ya!, a lo que nos acoge...

Basta salir a la calle para verlos sumergidos en esa rutina infernal, pero si fuese una rutina donde la bondad actuara como materia prima, otra gallina cantaría. Quizás en otra dimensión, estoy segura de que sí. Por ejemplo, cuando miro a muchos dejando la basura en los bancos del subterráneo, enseguida imagino, ¡no!, no imagino, veo, veo a la misma persona efectuando la acción correcta. Cuando dije "veo", quiero que se entienda que lo digo literalmente, que en realidad, justo al momento en que se para y se marcha el impostor, el original hace acto de presencia y justifica la historia.

No te conozco, es por eso que debo asegurarme de que entiendas lo que te cuento. Ahora bien, si te digo lo que me pasa con frecuencia con algunos hombres, es seguro que me lo vas a creer; primero, porque si eres mujer entenderás a la perfección, y si eres hombre sabrás de lo que hablo. Sí, me han acosado de todas las maneras, me han agarrado las nalgas en el subway e incluso me han perseguido por varias cuadras. Mejor dejamos ese cuento para otra historia, porque podría escribir un libro completo sobre esos incidentes.

A menudo siento que estoy sola en esta batalla contra la rutina infernal, contra la mala educación, el cáncer que camina la ciudad, las reglas estúpidas, la arrogancia, la vanidad y la falsedad de la generación que me ha tocado vivir. ¿Amigas? Muy pocas, pero incluso esas pocas ya han contraído el virus del materialismo, lo que me deja con Lion, ¡vaya curiosidad! Siempre un perro nos enseña más que el 90% de los humanos.

Camino por las calles, me subo al tren 6, luego a un bus, y se pueden contar con los dedos de las manos las personas que no son obesas. Dejemos algo en claro, la obesidad no es un estado normal, es una enfermedad y debe ser tratada como tal. Las personas son tan ñoñas, tan ignorantes, tan egoístas, tan haraganas, tan poco personas. Se despiertan y no saben tan siquiera qué ha pasado, vuelven a dormir y no saben lo que pasa. Lo predijo Orwell en 1946, en su ensayo: *The prevention of literature*. "Las personas no gastan ni siquiera una cuarta parte en leer, pero sí en distracciones que sólo alimentan el ego y el narcisismo".

Me gustaría ir al cine, pero no sé, este fin de semana saldrá una película de superhéroes y todo New York se lanzará hacia los cines; mejor no, mejor espero 3 semanas hasta que la fiebre se les pase. Es lo de siempre, la gente compra lo que le venden, y todos creen que significa gran cosa el que estén haciendo lo mismo, dejando a un lado la originalidad y el pensamiento crítico.

Imagina entonces y presiona el botón de tu cerebro que visualiza en cámara lenta:
El puño arrojado la mano que acaricia, la mirada acusadora el pensamiento sereno, el cigarrillo encendido la caducidad de la nicotina, ofensas verbales expresiones de bondad, el padre abusivo la paternidad sublime, la mentira oculta el innecesario deseo, el virus del dinero la humildad curativa.

Es un siempre nadar, nadar contra la corriente, que muchas veces trae troncos, yaguas, cocos, incluso hasta colchones, los cuales tengo que evadir sumergiéndome por un minuto, para luego volver a sacar la cabeza y nadar, siempre nadar.

Al muchacho lo conocí mientras paseaba a Lion en Central Park. Ya lo había visto antes y nos habíamos saludado con la mirada, pero nunca habíamos hablado, no hasta que trotando junto a mí me dijo hola con una sonrisa de novela, de novela literaria por su puesto; ya que no debe uno perder el tiempo con esas trampas televisivas. Hemos estado saliendo por un mes, y hasta el momento se muestra educado y humilde.

Me resulta repugnante el comportamiento de muchas mujeres, las críticas, el si se viste uno así o azá, las denigraciones y cuantas patrañas puedan imaginarse.

También las feministas que nunca han leído a Virgina Woolf, y si la han leído, no la han entendido, principalmente su libro *A Room of One's Own*. Me parecen falsas idealistas que piensan que el feminismo sirve para expresar sus frustraciones personales y no para mejorar el mundo como tal. Estoy cansada de mujeres que piden igualdad sólo cuando les conviene. Igualdad es el objetivo, pero una igualdad entregada al mejoramiento del mundo en general, del ser humano como materia viva, no como un compuesto de carne, huesos, sangre, arterias y órganos que camina por la calle incapaz de entender su razón de existir.

Bien, ya que me conoces un poco mejor, creo que es tiempo de esclarecer las aguas. Te confieso que he tratado de mirar el mundo de una manera más común, pero las circunstancias no me dejaron otra alternativa. En todo caso, por eso decidí contar mi historia, más bien parte de mi historia; pues quizás quien la lea o la escuche, pueda de alguna forma encontrarse conmigo, pueda incluso llegar adonde estoy y ser parte de lo que soy. Llegado el momento, yo estaré lista para recibirte con los brazos abiertos.

Debe entenderse que mi felicidad nunca ha dependido del estado de ánimo de otras personas, como tampoco ha dependido de mi condición como parte de esta ciudad. Es entonces cuando al leer las páginas, puedo atisbar los pensamientos con facilidad, puedo deducir, incluso, el final de la historia; ya que se observa con tanta claridad, que no podría terminar de alguna otra forma. No creas que baso lo que digo en meras conjeturas o imaginaciones, ¡no!, lo que te cuento ha sido el resultado de años de experiencia, donde he palpado las degradaciones y decadencias de las páginas.

Quizás porque vivo en una especie de doble dimensión, donde puedo moverme con una facilidad aterrante, me resulta casi normal todo lo que trae consigo este viaje. Bueno, es tan sencillo como imaginar la caída libre de una manzana, donde de inmediato sabemos que terminará en el suelo; pero mientras cae, mientras aún no ha terminado su trayectoria, podemos ver todo lo que sucede. Si te recuerdas del párrafo donde te pido que presiones el botón de tu cerebro que visualiza en cámara lenta, y aplicamos lo mismo aquí, verás cómo la manzana no toca el suelo enseguida; y ahí es donde entras tú, observando el color, el volumen, la rapidez, el proceso giratorio, el tallo, la piel e incluso el corazón. Observas los años, uno por uno transcurren al leve roce del aire que ella corta sin poder detenerse, sin una pausa que la ayude a entender su caída, sin una rama que la despierte y la ayude a cambiar su trayectoria.

El muchacho dejó de contactarme, ha de haberse percatado de mi condición. No lo juzgo, es posible que yo cambiara de plano mientras estábamos juntos y por ahí empezó la cosa; o quizás se lo dije, quizás me atreví a confesarle que le veía doblemente, a él y a su impostor.

Tal como la manzana de Newton cae de forma perpendicular hacia el suelo, atraída por esa fuerza invisible, caen las páginas de la ciudad. Todas caen, unas tras otras, pero no todas con la misma velocidad, no todas de la misma forma y cumpliendo los mismos objetivos. Sí, podemos romper las leyes, podemos (mientras cortamos el viento) detenernos y lanzarnos hacia los lados, explorar, leer, encontrar, vivir sin comillas; entonces, al ocurrir el inevitable contacto con el suelo, habremos llegado sin remordimiento al final de la página.

Inherencia

El día sonríe como siempre, no siempre se percata uno del milagro, pero siempre sonríe, siempre se muestra dispuesto a enseñarnos dos cosas o tres, o quizás ocho, algunas cosas nuevas, y algunas que siempre han estado ahí, pero que al igual que el día, ignoramos por el apuro, por ir al trabajo, por no prestar atención o por cegarnos ante tanta grandeza; pues formamos una pared invisible justo ahí, en el espacio que los ojos necesitan para dar con el resultado de la ecuación. Este no era el caso de la madre abnegada que eligió vacacionar en San Francisco, porque el *Golden Gate Bridge* siempre había estado en su lista y el momento se acomodaba para ello. Prefirió caminar las 1.7 millas del puente y, a 746 pies de altura, pensó que el viaje había valido la pena. Tomaba una fotografía de Alcatraz cuando de repente vio a un señor de no más de 43 años que se miraba impaciente. Ella intentó acercarse, pero al darse cuenta el señor, procedió a sentarse sobre la rampa de 4 pies que separaba el abismo y el puente. Ella quizo hablarle, tratar de ayudarlo, pero el señor sólo le brindó una sonrisa, y se entregó al abismo.

Simplicio Paciencia es un hombre de palabra, le había prometido a Estermina que los dos galones de leche que necesitaba, estarían en su casa a las 6:00 a.m. Y ahí venía, sobre su caballo marrón, con su sombrero amarillo, su camisa de rayas y pantalón kaki, botas negras, aparejo bien asegurado, su perro ladrando al paso del caballo, y la pluma de una gallina criolla en la boca; porque encendía el tabaco luego de dejar los encargos. Estermina ya había encendido los fogones y Simplicio entró derecho hacia el patio.

—¿Cómu le amanece Estermina?

—¿Oi cómu va se?, jondeá de' tempranu.

—¡Verda e! Aquí le traje la lechi, ¿sabe? Pero ese café sí juele bueno, ¿eh?

—¡Pero qué cachaza Simplicio!, ¿eh? Agarre un jarru que uté de la casa, ¡oh oh señori!

Simplicio se desmontó del caballo, puso los dos galones de leche en un rincón del bohío y se sentó en una silla de guano a esperar su café.

El plausible acto había concluido, y así las manos abocaban a lo ya anticipado, produciendo el sonido que alimenta las almas de quienes se entregan a un oficio tan magistral, como es el canto. Années folles, era una época en París que se caracterizó por sus fértiles colaboraciones artísticas, culturales y sociales, *The Golden Twenties*. En medio de las gardenias, Coco Chanel, el jazz, Dalí, los cafés, y Picasso, se encontraba Renée, sonriente y feliz por la recepción de sus fieles fanáticos. Entre tanto brillo y fervor, se había iniciado una rutina peligrosa que incluía agujas y sustancias que habían hecho un pacto con la muerte. Renée se encontraba en el baño de su camerino, mientras sus fanáticos gritaban y esperaban ansiosos escuchar aquella voz liberadora que ahora se apagaba, que prefería callar eternamente, en vez de cantar una mentira eterna.

Justo después de saltar, se arrepintió y pensó que todo tenía solución, menos la caída en progreso. Simplicio conocía mejor que nadie el arte de enrollar los cigarros, sus años de experiencia hablaban por sí solos. Lamió uno de los extremos, y dejó que el fósforo hiciera su trabajo. La aguja no brillaba, por descuido, por días de uso y desuso, por abuso. Las venas querían descansar del fatídico líquido que les disparaban, pero Renée se mostraba indiferente ante el grito desesperado de sus venas, hasta el punto que decidió enmudecer el sonido de su propio corazón. Entonces el cigarro se le cayó de la boca sin avisarle, y Simplicio lo secundó. Estermina corrió a alertar a su marido y lo acostaron en una de las habitaciones. Sudaba y deliraba, se creía que tenía un virus raro o que el corazón le fallaba. Se mira la vida de otra forma, o ya no hay tiempo para mirarla, el viento en su cara le cortaba la respiración, y a su cerebro se le congelaban los pensamientos; pero un pensamiento que se escondía detrás de otro inaccesible por él se mostraba ante su subconsciente, la ya lejana idea de su esposa y sus hijos, el irremediable salto y las consecuencias. El líquido se deslizó por sus venas con la gracia paulatina de un gato que sonríe, pero que esconde perniciosas intenciones.

Simplicio pidió ver a su mujer e hijos. Estermina los puso al tanto. Soltó la jeringa despacio y se dejó caer al piso, allí los pensamientos se cruzaban. Poseída por la elevación, piensa en el café de *La Rive Gauche*, los parques, las nubes se miran tan palpables ahora, una canción, los aplausos, rostros, miradas, humo, un hombre, abre las piernas, lo siente, voltea los ojos, le entierra las uñas, explota, *Montparnasse*.

Su cabeza golpeó el agua, su cerebro se apagaba por secciones, luego su cuerpo, y tres mil alfileres se incrustaron en sus huesos, Simplicio perdía el conocimiento, Renée andaba por el mismo camino, sus fanáticos gritaban, ya no podían esperar más, y ella los escuchaba entre la calma y la desesperación, entre el sueño que es la pesadilla de no estar conscientes y la vigilia que es el sueño consciente de una pesadilla.

Renée no volvió a levantarse. Con la aguja aún dentro de su brazo, yacía en el suelo la cantante que definió un estilo y una época; sus fanáticos lloraban, los cafés seguían siendo frecuentados, y *La Rive Gauche* continuaba deleitando a sus visitantes. Cuando recuperaron el cuerpo del agua, sólo pudo ejecutar un pensamiento: Lo veo lo veo lo veo lo veo lo veo lo veo lo veo loveo. Simplicio apretó la mano de su esposa, la miró con ojos de esperanza y alivio, y lo último que pudo balbucear fue que cuidara a sus hijos. Así su cuerpo se fue entregando al dolor que había pospuesto por un rato, los alfileres surtían su efecto, la memoria lo traicionaba, se trasladaba a un lugar donde el Internet era parte del diario vivir, viajaba sin quererlo o sin saber por qué, empezó a sentir el dolor del cuello roto, los huesos quebrantados, las partes del cerebro que se apagaban y el sonido del agua que golpeaba el barco.

La madre abnegada caminaba sobre el puente sin prisa, sacó su celular, y llamó a su familia para asegurarse de que estaban bien. Colgó la llamada y miró hacia el abismo por última vez. Pensó en las posibles razones que condujeron a ese señor al suicidio, pero no encontró una razón justificable; en su mente, todo tenía solución. Se subió a su automóvil y emprendió el viaje. En la radio daban la noticia de la muerte del director de una compañía de sistemas operativos, y ella tuvo que cambiar de estación porque ya era demasiado. Se detuvo en una emisora de música antigua, y por un instante se olvidó del puente, del señor, de su familia, del viaje; por un instante se encontró envuelta por esa canción que no sabía cómo, pero que de alguna manera le recordaba años que nunca vivió o que por algún motivo había olvidado. Sonrió sin saber por qué y cantó, y aunque no sabía francés, cantó en un francés muy colorido, muy cálido; cantó, y su voz volvió a calmar las almas de sus fanáticos, volvió a pasearse por *Montparnasse* como el alma que retorna a su tierra porque sin saberlo la extraña, y su acto fue más que plausible. Regresó de súbito y como quien encuentra la solución a una ecuación de cálculo 3, ya sabía dónde serían sus próximas vacaciones.

Sobre el autor:

 **Jairo Augusto Ramírez Cruz.** (Mao, República Dominicana, 15 de agosto de 1984) Es un cuentista, novelista, ensayista, poeta, traductor, editor, cantautor y arte marcialista, de nacionalidad estadounidense-dominicana.

Ramírez es un ávido lector, y un exhortador de la literatura como parte esencial del ser y de la vida. Ha practicado Taekwondo por 33 años y posee un cinturón negro tercer dan en esta disciplina. También ha practicado otras artes marciales como: Capoeira, Kickboxing y Jujitsu. Su carrera taekwondoista le ha otorgado muchas oportunidades para ayudar a nuevos estudiantes, y le ha valido varios reconocimientos importantes como competidor alrededor del mundo.

Ramírez ha sido profesor de inglés, español, informática y artes marciales. Se enseñó a sí mismo el Inglés y el italiano, y posee un conocimiento general del latín.

Ramírez creció en la República Dominicana y luego emigró a New York, donde vivió por 15 años. En la actualidad reside en Inglaterra.

Aquí les comparto un documental que acompañará a este libro a lo largo de su vida. Leer siempre ha sido un mundo de posibilidades, de universos que convergen para formar ideas sin fecha de caducidad. Pero también es imaginación, creatividad; es descubrir que el intelecto es capaz de mucho más, que no sólo de frivolidades y placeres efímeros se vive. La lectura nos demuestra que existe la inmortalidad, pues cuando el ser advierte su propia autenticidad, y es valiente, y la asume, se encuentra con la esencia de la totalidad que lo conforma. Aún frente a la angustia, frente a preguntas con respuestas aún no encontradas, el individuo puede llegar a un nivel mayor de autenticidad.

Escanear Código QR.

Abre la aplicación cámara de tu dispositivo **móvil** o Tablet **Android**. Apunta con la cámara al **Código QR**, enfócalo bien y espera que lo reconozca. Pulsa en la ventana emergente que aparecerá para acceder al contenido del **código QR**.